VENTE

DES

Mercredi 10 et Jeudi 11 Juin 1908

HOTEL DROUOT — SALLE N° 1

A 2 HEURES

Objets d'Art

SCULPTURES - BRONZES - CÉRAMIQUES

BIJOUX

TABLEAUX

Pastels - Dessins - Aquarelles - Gravures

MEUBLES DE STYLES ET ANCIENS

TAPIS - TENTURES

Mᵉ Gaston FRANÇOIS

COMMISSAIRE-PRISEUR

M. Arthur BLOCHE

EXPERT PRÈS LA COUR D'APPEL

CATALOGUE

DES

OBJETS D'ART

Marbres, Bronzes, Porcelaines Européennes & d'Extrême-Orient

BIJOUX, PERLES, PIERRES DE COULEUR, DIAMANTS

TABLEAUX ANCIENS & MODERNES

Pastels, Aquarelles, Dessins, Gravures

MEUBLES DE STYLES & ANCIENS

de Salons, Salle à manger, Cabinet de travail, Chambre à coucher

de **KRIEGER** et de **L'HOSTE**

Piano d'Erard

Tapis, Tentures, Objets divers

DONT LA VENTE AUX ENCHÈRES PUBLIQUES AURA LIEU

HOTEL DROUOT - SALLE N° 1

Les Mercredi 10 et Jeudi 11 Juin 1908

à deux heures

Mᵉ Gaston FRANÇOIS	**M. Arthur BLOCHE**
COMMISSAIRE-PRISEUR	EXPERT PRÈS LA COUR D'APPEL
23 — Rue Le Peletier — 23	*52 — Rue de Châteaudun — 52*

CHEZ LESQUELS SE TROUVE LE PRÉSENT CATALOGUE

EXPOSITION PUBLIQUE

Le Mardi 9 Juin 1908, de 2 heures à 6 heures

CONDITIONS DE LA VENTE

Elle sera faite expressément au comptant.

Les acquéreurs paieront 10 o/o en sus des enchères.

L'exposition mettant le public à même de se rendre compte de l'état des objets, il ne sera admis aucune réclamation une fois l'adjudication prononcée.

DESIGNATION

MEUBLES

1 — Commode à trois rangées de tiroirs en bois
de placage de luxe garnie de bronzes ciselés,
dessus en marbre, époque Louis XIV.

2 — Ameublement de chambre à coucher en
noyer sculpté de style Renaissance, travail
remarquable, composé d'un lit monumental à
quatre colonnes et sa literie avec bandeaux
en tapisserie au petit point, une colonne for-
mant table de nuit, une grande armoire à
glace à trois portes, de KRIÉGER.

3 — Bureau en noyer sculpté, style Renaissance,
de KRIÉGER.

4-5 — Deux petites tables en noyer sculpté style Renaissance, de KRIÉGER.

6 — Deux chaises de même style.

7 — Ecran en tapisserie au petit point, bois de noyer sculpté, style Renaissance, de KRIÉGER.

8 — Piano en bois noir d'ERARD.

9 — Tabouret de piano.

10 — Bibliothèque à deux corps en bois de poirier noirci et sculpté, ouvrant en haut et en bas à trois portes, celles du milieu en ressaut, d'aspect monumental. Travail de L'HOSTE, style Louis XIV.

11 — Bureau plat à deux tiroirs en bois de poirier noirci, style Louis XIV, de L'HOSTE.

12 — Ameublement de cabinet de travail en bois de poirier noirci couvert en maroquin rouge, composé d'un canapé, deux fauteuils et trois chaises, de L'HOSTE.

13 — Fauteuil de bureau en bois de poirier noirci, foncé de canne, de L'HOSTE.

14 — Meuble ouvrant à une porte avec étagère à fronton en même bois, renfermant un coffre-fort de GALLET, de la maison L'HOSTE.

15 — Table à jeu en bois de poirier noirci, de L'HOSTE.

16 — Glace de cheminée avec cadre en bois de poirier, même style.

17 — Deux chaises chauffeuses en bois noir, couvertes en panne rouge.

18 — Porte-manteaux et parapluie en chêne, à fond de glace.

19 — Petite table à tiroir en chêne, style XVIe siècle.

20 — Quatre chaises en chêne couvertes en velours rouge, style XVIe siècle.

21 — Quatre chaises légères bois laqué noir et cannées.

22 — Deux casiers en chêne.

23 — Bureau-ministre en chêne.

24 — Grande armoire à deux portes en chêne sculpté à chutes de fruits suspendues à des nœuds de rubans avec colonnes détachées et cannelées, style Louis XVI.

25 — Bahut à deux portes en chêne sculpté à colonnes torses, style Louis XIII.

26 — Porte-manteaux et parapluies à fond de glace en chêne sculpté.

27 — Deux chaises en chêne à colonnes torses foncées de canne.

28 — Trois chaises basses en cuir capitonné.

29 — Ratelier et patères en bois sculpté.

30 — Porte-assiettes en noyer.

31 — Glace biseautée ovale avec cadre rectangulaire à fond de glace et doré.

32 — Ameublement de salle à manger en chêne sculpté composé d'un buffet crédence ouvrant à deux portes vitrées dans le haut et à deux portes pleines dans le bas, décoré d'animaux, de chimères et à colonnes cannelées sur les

côtés, une table ovale avec piètement à fruits
et chimères, une desserte à deux tiroirs et
douze chaises couvertes en imitation de tapisserie.

33 — Grand divan recouvert d'une portière de
Karamanie.

34 — Grande console en bois sculpté et doré à
coquilles et ornements, dessus marbre blanc,
style Louis XV.

35 — Glace biseautée avec cadre à fronton à fond
de glace et doré. Style Louis XIV.

36 — Table à jeu en palissandre sculpté.

37 — Table à ouvrage en bois noir et marque-
terie.

38 — Table-liseuse en bois noir sculpté.

39 — Piano en palissandre d'ERARD.

40 — Canapé recouvert d'un cachemire.

41 — Cinq chaises et un pouf recouverts d'étoffes
variées.

42 — Porte-photographies forme paravent à deux feuilles.

43 — Paravent japonais à quatre feuilles.

44 — Baignoire et chauffe-bain.

45 — Toilette en bambou à dessus de marbre blanc.

46 — Grand bureau ministre en palissandre.

47 — Armoire normande à deux portes en bois sculpté, décorée de fleurs et d'oiseaux. XVIIIe siècle.

48 — Meubles de chambre de domestique.

49 — Buffet en bois blanc.

50 — Deux chaises en bois rose, style Louis XVI.

51 — Coffre-banquette plaqué acajou.

52 — Étagère en bambou.

53 — Grande armoire à deux doubles portes en bois verni.

54 — Table de cuisine, dessus en marbre blanc.

55 — Table à jeu en bois de violette marqueté, ornée de bronzes dorés.

56 — Table vide-poches, formée d'un plat en porcelaine décorée, monté sur trépied en bronze ciselé à têtes de béliers.

57 — Deux supports en bois dur, incrusté de nacre.

58 — Deux bergères en bois doré de style Louis XV, couvertes d'étoffe verte à fleurs.

59 — Stalle en bois sculpté.

60 — Table en bois sculpté.

61 — Canapé et quatre chaises en bois doré.

62 — Six chaises Louis XV en bois sculpté.

63 — Huit chaises bois noir, capitonnées et garnies de velours brodé; maison Leys.

OBJETS D'ART

64 — Buste en marbre : Marguerite.

65 — Buste en marbre de style Louis XV.

66 — Tête de Michel-Ange en marbre.

67 — Groupe en biscuit : Allégorie du Printemps.

68 — Lustre à douze bougies et cinq lampes électriques en bronze richement garni de cristaux taillés. Style Louis XVI.

69 — Garniture de cheminée : Pendule et deux candélabres en marbre noir et bronze. La pendule surmontée d'une statuette de la Reine de Saba assise sur son trône.

70 — Deux appliques à cinq lumières en bronze garni de cristaux.

71 — Grande pendule en bronze ciselé et doré forme monument, couronnée par un brûle-parfums avec piétement à tête de bélier, flan-

quée de consoles de chaque côté et ornée sur
le devant de gerbes et de couronnes de fleurs
style Louis XVI, cadran signé CUISINIER.

72 — Paire de flambeaux en bronze style
Louis XIV.

73 — Deux flambeaux cassolettes en bronze poli,
style Louis XVI.

74 — Deux petits vases et deux chandeliers en
bronze du Japon.

75 — Lustre à six lumières en bronze doré à rin-
ceaux feuillagés et cariatides d'enfants, style
Louis XIII.

76 — Porte-pelle et pincettes avec accessoires en
cuivre poli, style Louis XIII.

77 — Bonbonnière en émail cloisonné ancien de
Chine, décor à cigognes sur fond bleu
turquoise.

78 — Vase en émail cloisonné de Chine, fond
bleu turquoise à fleurs.

79 — Pendule et deux petits candélabres en cuivre, style Renaissance.

80 — Deux coupes et plateaux en cuivre doré d'Orient.

81 — Lanterne d'antichambre à cinq pans, cintrée, cage en bronze doré, style Louis XV.

82 — Pendule en marbre noir aveé bronze : la Joueuse d'osselets, accompagnée de deux coupes couvertes en bronze sur socle en marbre noir.

83 — Deux lampes en bronze ornées de dragons système à gaz.

84 — Paire de flambeaux argentés, decors fleurs et ornements, style Louis XV.

85 — Paire de chenêts en bronze poli à figures d'enfants assis et se chauffant, style Louis XVI.

86 — Paire de candélabres à sept lumières en bronze doré, base à figures de sphinx, branches à têtes de béliers, style Louis XIV.

87 — Sonnette en bronze reperçé sur plateau gravé.

88 — Grande chimère en terre émaillée de Chine.

89 — Bonbonnière à trois coquilles décor à fleurs dans le goût chinois.

90 — Paire de grands vases en porcelaine de Chine fond quadrillé, médaillons à personnages, montures bronze.

91 — Cache pot en porcelaine vert céladon, décor en bleu.

92 — Deux vases de Satzuma, décor à fleurs.

93 — Écuelle en vieux Paris, décor à rehauts d'or.

94 — Vase trilobé en terre vernissée à reflets.

95 — Cornet du Japon, décor polychrome.

96 — Figurine de Paris : Diane chasseresse.

97 — Vase forme chiffonnée de Hasch.

98 — Jardinière à panse aplatie décor fleurs en relief.

99 — Trois verres de Venise.

100 — Deux petites jardinières du Japon, décor polychrome.

101 — Petit vase fond vert à oiseaux et fleurs.

102 — Deux vases gorge chiffonnée vert céladon décor en bleu.

103 — Coffret en faïence de Jagent décor genre persan.

104 — Coupe coquillée décor à fleurs.

105 — Jumelle en écaille incrustée de cuivre.

106 — Deux statuettes en pierre de lare.

107 — Pot à tabac, encrier, vide-poche, cendrier, etc.

108 — Vase en bronze patiné du Japon.

109 — Vase à anses en bronze ciselé et doré, orné de palmettes et de guirlandes.

110 — Statuette en bronze de jeune bacchant dansant.

111 — Buste de jeune femme en bronze.

112 — Liseuse de forme plate, en bronze doré et finement ciselé, marquée aux initiales B.V. sur une plaque d'émail.

113 — Flambeau de bouillotte en métal, à deux lumières.

114 — Pendule en bronze ciselé et doré surmontée d'un sujet : Femme à la colombe.

115 — Deux pendules à sujets, en bronze ciselé et doré.

116 — Paire de bouts de table en bronze.

117 — Amazone en bronze, signé RUILLÉ.

118 — Bronze patiné : La Vénus de Milo, sur socle en marbre noir.

119 — Paire de têtes de chenêts en bronze ciselé et doré, ornés de mascarons et de guirlandes de fleurs.

120 — Encrier en marbre noir avec godets en bronze et surmonté d'une statuette d'homme assis.

121 — Paire de candélabres à sept lumières en bronze ciselé et doré.

122 — Vase en bronze ciselé et doré orné de naïades se jouant sur les flots.

123 — Paire de grands candélabres à huit lumières en bronze patiné et doré sur socle en marbre gris.

124 — Deux importants groupes en bronze doré et patiné : L'Amour triomphant de la Sagesse et l'Amour enchaîné.

125 — Pendule borne en marbre noir.

126 — Buste de jeune garçon en marbre.

127 — Tête de femme sculptée en marbre, en haut relief.

128 — Buste de bacchante en marbre.

129 — Deux vases en marbre rouge, ornés de bronzes dorés, aigles et cols de cygnes.

130 — Aiguière en faïence d'Alcora et terre cuite Tanagra.

131 -- Vase jaune en porcelaine de Chine monté
en girandole à huit lumières fer forgé.

132 — Deux vases montés en lampes, en faïence
anglaise polychrome à décors de palmettes.

133 — Potiche de Chine en porcelaine gros bleu
à réserves de personnages.

134 — Paire de vase à panse en porcelaine de
Chine, à décors de fleurs sur fond bleu.

135 — Deux girandoles à cinq lumières, formées
de vases en porcelaine d'Allemagne à décors
de fruits; monture en bronze.

136 — Vase en ivoire sculpté.

137 — Éventail en ivoire sculpté et ajouré. Travail de l'Extrême-Orient.

138 — Coffre en laqué de l'Extrême-Orient à
décor de paysages animés de figures.

139 — Quatre vitraux ornés d'un écusson central :
« Patientia et perseverando ».

140 — Statuette de Vierge en bois sculpté.

141 — Paire de grands vases à long cols en porcelaine de Chine, décor polychrome.

142 — Paire de potiches avec couvercles en porcelaine de Chine.

143 — Deux grands plats en porcelaine de Chine, décor à inscriptions.

144 — Deux plats en porcelaine de Chine, décor à inscriptions.

145 — Deux plats en porcelaine de Chine, décor à inscriptions.

146 — Deux tasses et soucoupes en porcelaine de Chine.

147 — Grand vase de Satzuma, décor à dragons et personnages.

148 — Vase de Satzuma, décor à paysage.

149 — Sous-plat de Satzuma, décor à personnages.

150 — Bol de Satzuma, décor à personnages et à paysage.

151 — Bol de Satzuma, décor à personnages et paysage.

152 — Deux petits vases de Satzuma, décor à personnages.

153 — Poudrière de Satzuma, décor polychrome.

154 — Cendrier de Satzuma, décor à paysage.

155 — Bol en porcelaine de Chine fond bleu rehaussé de dorure.

156 — Deux bols en porcelaine de Chine fond bleu, réhaussés de dorures.

157 — Flacon en porcelaine de Chine, décor en bleu sur blanc.

158 — Chimère en ancienne porcelaine de Chine.

159 — Magot en ancienne porcelaine de Chine.

160 — Statuette en ancienne porcelaine de Chine.

161 — Bouddha entouré de personnages en ancienne porcelaine de Chine.

162 — Deux potiches en ancienne porcelaine de Chine, décor en bleu sur blanc.

163 — Paire de vases en émail cloisonné à longs cols, décor polychrome.

164 — Deux flacons en émail cloisonné, décor à inscriptions.

165 — Deux oiseaux en émail cloisonné, décor varié. Travail ancien de la Chine.

166 — Deux manches d'ombrelles en émail cloisonné.

167 — Grand vase en cuivre orné de dorures et gravé à inscriptions.

168 — Deux animaux en bronze cloisonné et émaillé.

169 — Trois verres en cristal rehaussé de dorure.

170 — Service de fumeur en bronze patiné, composé d'un plateau, un pot à tabac, deux vases à cigares et un porte-allumettes.

171 — Paire de flambeaux à deux lumières en bronze patiné.

172 — Lampe représentant en haut-relief une bacchanale d'enfants, signée Grébert.

173 — Statuette de femme en plâtre émaillé.

174 — Deux appliques à quatre bougies au gaz en bronze doré.

BIJOUX, OBJETS DE VITRINE

ET DIVERS

175 — Collier d'un rang de quatre-vingt quinze perles pesant 158 gr. 1/2.

176 — Collier d'un rang de cent sept perles pesant 115 gr. 1/2.

177 — Bague ancienne ornée d'un brillant.

178 — Bague en or ornée de deux petits brillants et de rubis reconstitués.

179 — Bague en or ornée de petits brillants, rubis et émeraudes reconstitués.

180 — Bague en or ornée d'une pierre blanche.

181 — Bague en or et petits brillants, rubis reconstitués et d'une pierre blanche.

182 — Sautoir or et perles fines.

183 — Collier strass, monté or et argent et pouvant former bracelet.

184 — Collier à deux rangs de fausses perles, fermoir argent doré.

185 — Épingle de cravate perle fine.

186 — Petite montre de dame en or.

187 — Bracelet brillants, or et rubis, monture or et platine.

188 — Bracelet en or, orné de rubis de Siam.

189 — Bague ornée de roses et d'une perle fine, monture or.

190 — Bague or et argent avec améthyste et marcassite.

191 — Bague or, saphir et rose.

192 — Trois têtes de mort, en forme de breloques.

193 — Peigne en écaille.

194 — Lot de bijoux or, argent ou métal ornés de pierres variées et de fausses perles. (Sera divisé).

195 — Manche d'ombrelle en ivoire finement sculpté.

196 — Groupe ancien de nombreux personnages et animaux en ivoire sculpté; sur socle.

197 — Groupe en ivoire représentant une femme et son enfant. Travail ancien.

198-199 — Quatre éléphants en ivoire incrusté.

200 — Six Netzkés en ivoire, sujets divers. Travail ancien.

201 — Pendentif orné de perles, roses et de pierres de couleur.

202 — Broche-barrette ornée de perles, rubis et roses.

203 — Collier en or.

204 — Bague marquise en or, émeraude, saphir et brillants.

205 — Bague forme croisée en or, pierre de couleur et roses.

206 — Sautoir en or.

207 — Sautoir en argent doré.

208 — Porte-cigarettes en argent doré.

209 — Six tasses à café en argent doré.

210 — Bourse en argent doré.

211 — Tabatière en argent, parties rehaussées de nacre.

212 — Épingle ornée d'une améthyste.

213 — Épingle forme fer à cheval ornée d'une perle et de roses.

214 — Epingle ornée d'une perle et de deux brillants.

215 — Bague or, perle entourée de brillants.

216 — Bague en or, perle et brillants.

217 — Bague en or, pierre de couleur et roses.

218 — Bague marquise en or, rubis et roses.

219 — Bague en or enrichie d'un brillant et de deux saphirs.

220 — Plateau en argent.

221 — Table en métal de Perse.

222 — Pot et cuvette en émail.

223 — Statuette en ivoire, travail de l'Extrême-Orient.

224 — Statuette d'oiseau, travail de Perse.

225 — Pendule Empire en bronze.

226 — Bouteille en acier.

227 — Cadre, travail oriental.

228 — Deux statuettes en blanc de Chine.

226 — Couteau de travail persan.

230 — Statuette de personnage en bronze tenant
une lampe électrique.

231 — Cheval en bronze.

TABLEAUX, PASTELS

AQUARELLES — DESSINS — GRAVURES

BALLUG

232 — Ferme à la lisière d'une forêt.

BARBEY (V.)

233 — Paysage avec collines et cours d'eau et animé de figures.

BÉTHUNE

234 — Deux paysages. Aquarelles. Signées.

BLANCHARD

235 — Le Joueur de billes.

CAROLUS DURAN

236 — Pot d'azalées. Signé et daté.

CLARY (E.)

237 — Paysage boisé.

DOMINGO

238 — Le Repos à la chasse. Signé.

239 — Le Peintre. Petit tableau. Signé.

240 — L'Empereur et son état-major. Esquisse. Signée.

DE DREUX (Alfred)

241 — L'Amazone en victoria avec son petit chien. Signé à droite.

DUPRAT (R.)

242 — Paysage. Bords de rivière.

DUPRÉ (Attribué à J.)

243 — Intérieur de ferme.

DURAND-BRAGER

244 — Trois-mâts en vue d'une côte montagneuse. Signé.

DIVESIN

245 — Le Troupeau de moutons.

FRANK (L.)

246 — La Maisonnette.

247 — Les Soleils.

248 — Le Pont.

GERBAULT (Henry)

249 — La Parade à la foire. Aquarelle signée et datée.

250 — Ronde de jeunes filles. Aquarelle signée et datée.

251 — Le Joueur de flûte. Dessin à la plume, signé.

252 — La Promenade. Dessin à la plume.

HALLE (Oscar)

253 — Lisière de champs.

254 — Les Toits rouges.

JOSQUIN

255 — La Halte à l'auberge.

LACROIX

256 — Paysage d'Italie avec riante perspective, arrosé par une rivière coulant en cascade et animé de personnages se livrant au plaisir de la pêche.

LENOIR (A.)

257 — Effet de neige.

LORIN (G.)

258 — Le Petit prestidigitateur.

MARCHAND (Louise)

259 — Les Bords de la Bièvre.

MASSON (B.) (?)

260 — Le Retour des jardiniers. Dessin à la mine de plomb. Daté.

MELIN (J.)

261 — Le Cerf aux abois. Beau tableau. Signé à gauche.

MOREAU (Adrien)

262 — Le Bivouac des Bohémiens.

263 — Les Incroyables.

MOYA (Pédro)

264 — La Nativité. Composition de treize figures. cuivre.

PERBOYRE

265 — Chien sur un coussin.

266 — Vue de la Suisse.

PILLE (Henri)

267 — Scène du temps de Henri IV. Composition de nombreux personnages. Dessin.

PRINCETEAU

268 — La Promenade du matin. Deux chevaux montés à l'entraînement. Signé.

S. D.

269 — Portrait d'homme assis. Pastel.

TROYON (?)

270 — Vaches à l'abreuvoir.

VIERSON (A.)

271 — Jardin en fleurs.

272 — Bords de rivière.

VYLLERSCHANT

273 — La Mare, aquarelle.

ECOLE FRANÇAISE

274 — Portrait de petite fille. Pastel. Cadre peint
en blanc.

ECOLE FRANÇAISE DU XVIIIᵉ SIÈCLE

275 — Deux portraits d'homme et de jeune femme
se faisant pendants. Toiles ovales.

276 — La Danse. Pastel.

ECOLE DU XVIIIe SIÈCLE

277 — Nymphe et amours surpris par les satyres.

ECOLE MODERNE

278 — Tête d'Almée, cadre bois noir.

279 — La jeune mère et son enfant costume 1840 (pastel ovale).

280 — Portrait de petit garçon, toile ovale.

281 — Portrait de jeune femme tournée vers la gauche regardant presque de face.

282 — Portrait de femme brune dont les cheveux tombent en longues boucles sur les épaules, cadre ovale.

283 — Personnage sous bois.

284 — Marine.

285 — Deux petites filles cueillant des roses.

286 — La mort de Valentin.

287 — La mare.

288 — Portrait d'homme en armure avec colle-
rette.

289 — La Zingara

290 — Bouquet de fleurs

291 — Cavalier au trot.

292 — Scène d'intérieur

293 — Fruits.

294 — Diverses gravures encadrées : le Passage
du Saint-Bernard, Marie Stuart en prison, etc.

295 — Lot de toiles peintes, aquarelles, dessins,
gravures et pièces diverses encadrées.

Sera divisé.

296 — Gravures : L'amour couronné ; L'assem-
blée au salon ; La bonne mère ; L'essai du
corset ; La petite friande.

297 — Lot de gravures anciennes et modernes et
de dessins.

Sera divisé.

TAPIS, TENTURES

298 — Tapis de Smyrne à dessin polychrome.

299 — Tapis d'Orient à dessins variés.

3oo — Tapis d'Orient à large bordure.

3oı — Deux tapis de Karamanie.

3o2 — Tapis de Perse.

3o3 — Tapis brodé de fils d'argent et d'or.

3o4 — Deux beaux décors de croisées avec bandeaux et deux encadrements de glaces en velours et soie richement brodées à vases de fleurs et fleurs (avec embrasses).

3o5 — Trois paires de rideaux et trois bandeaux
en velours rouge et galons (avec accessoires).

3o6 — Paire de rideaux en étoffe fond crême (avec
embrasses).

3o7 — Deux décors de croisées en étoffe, décor à
fleurs.

3o8 — Portière, paire de rideaux et encadrement
de glace en étoffe verte et galons.

3o9-3io — Cinq encadrements de portes en étoffe
fond crême à fleurs.

3ii — Portière de Karamanie.

3i2 — Grand tapis de Smyrne fond rouge médail-
lon et angles bleus.

3i3 — Dessus de piano en cachemire.

3i4 — Divers coussins en soierie.

3i5 — Petit tapis de table brodée à fleurs.

316 — Deux paires de rideaux et deux portières
en tapisserie d'Aubusson fond vert clair, bordure à fleurs avec galeries et embrasses.

317 — Deux rideaux en reps rouge.

318 — Objets omis.